詩集

春夢

佐藤恵美子

砂子屋書房

＊目次

装本・倉本　修

詩集　春夢

犬がやってくる

多摩川に傾いた街の
よじれたはむらの中の
縮こまった太陽をみている
おそらく埋まっている　この足の下
桑の実を食べていた私達の先祖達の骨
乾燥を明るさをもたらすホネ
スノーホワイト色の調子のいい循環

私も大地を踏んでいるけど

太った犬も走っている
イノチとイタチとが同じかどうか
タマシイとタマゴヤキの頭韻
歴史ってこんなものさ
今日は上手くしゃべれない私のビロードの
味噌汁の匂う舌

消防がやってくる

セッカノフ夫人はセッカアレー氏の頭の上
愛宕山が燃える　山ごと燃える
のにびっくりして夕食のムニエルを飲み込む
もう何を食べたかも忘れて
山の下の消防署に電話をかける
山は空を焼いて太陽神アメンラーが
狸の群れと　猿の群れを焼いて
宴の捧げ物とし　鳥たちの翼を焼いて
叫び声を楽しみ

地球の形である弧そのまま
地中の溶鉱炉で溶かされ
消防夫も息荒く到着して
呆気にとられて
大きな火の塊が愛宕山から音もなく剝がれた
痛みが走った
月と名付けられた天体だった
夫婦はうら哀しく腰が抜けて
天動説にたどり着いた

駱駝がやってくる

多摩川に傾いている街に
タバコ色の砂が降っていて
したがって人々は皆砂だらけのヘソを
ザラザラしながら持っていて
大地に生きるものとしては
福神漬に似た存在感が発酵した
ヘソはもとより鼻先までドロンコで
地平線と中原街道をとっ違え
駱駝がやってきた

地球をわたって来たらしい
六間道路の真ん中に輝く糞を三つやった
ナツメ椰子の実のような
コンビニの海苔巻きお握りそっくりの
おそらく地球の汚染物質を包んでいる
駱駝は笑いもしなかった
背中の太陽はやはりヘソだった

黒い日

雨の昼下がりの三丁目
黒い傘を差し黒いコートを羽織って
黒いブーツをはいて歩いていたら
太った鳥が落ちてきた
絶滅に瀕している八咫ガラス
その向こうに神武天皇も落っこちてきた

雨の港の見える丘
黒い傘　黒いコート　黒い靴の例の姿で

歩いていたら
黒い初老のクジラに会った
濡れた海獣の向こうに
革命のあった国の船長も出てきた

その足で多摩川に行ったら
黒い大型犬のラブラドールが
「それでは私が……」と
二十一世紀の初頭の雲の中へ上がって行った
西郷さんと一緒に
もうじき落っこちてくるさ

銀曜日　その一

今日街が傾いている
夕日がふやけて大きくなって
川崎方面に落ちて行く
そんな時間が引っ張って来た茜いろ
に染まって
——豚が飛んでいるよ
と娘が言う　西の空

川の向こう

ウチの血筋のものをむしゃむしゃと食っとる
と息子が言う
誰だ　シラナイヨ
夕日で見えないよ

川の向こう
駱駝と首のスンズマッタ馬と
テッポで撃つ
ダッタン人
後ろ向きの何者か
貧血みたいに引いて行ったよ

銀曜日　その二

魚市場の向こうの
イタリア料理店の垣根の間の
養老院の建物の奥に
海があって
硬骨魚がいて
もっと深くシンとして深海魚が発色している
深層神経の濡れた海草と
半透明から浸透していった気圧と
赤い月

そんな時
私の顔からまず眉毛
そして鼻　次に鼻の下から口
が静かに消えて行った
次に臍まで
困ったことだ
ハダカの夜だ……

魚　沖縄県本部・水族館

甚平鮫の眼はちょっとしたエナメルの創ほどに小さく
不安定に大きな魚形に耐えて
甚平飛白のデザインは先祖伝来決まっていて
海原の無償の遊泳は続き
その小さな眼は倦怠と自己満足運命と生命の使命と……
お互いの疎通なく
二千年と四年日にちょっと黄色い声で鳴いてみた
マンタは地球に並行に遊泳して
分厚い四角い魚形に耐えて

凧の糸のような尻尾とトーチカから覗いている不出来な望遠鏡
のような離れた眼
図々しい小判鮫が乗っかりやがって
マンタを何だと思っているんか
ちょっと二千年と四年目に泳ぎ方を変えて見た

そこへ行くとマグロは地味で
大衆と共に泳いでいれば目立たなくて良いかもしれない
たまには釣り上げられて違った世界をみられるかも
そしたら皮下脂肪ごとマゼンタ色に海を染めればいい
魚の世界を超えて行かれるかも

今帰仁村

今帰仁村は古生代石灰岩の上にある
そこには海から神神が現れるのだ
阿応理屋恵ノロ神やら今帰仁ノロ神が
ガジュマルやデイゴの古木の太古のもり
祠の中の砂の上に現れるのだ
雨季の近い空に襤褸布の大きな雲の群れ
皺の寄った海
あの海の底マンタの夫婦
中国や　ベトナムや　フィリッピンや　タイ国の

高官達の宴の跡に発掘される陶器の破片
熱帯樹の分厚い葉に溜まっている沈黙
風化した石灰岩の長い城郭
ハイビスカスの原種の色は濃い
トックリ樹綿の樹

神神の去った跡を驟雨が濡らした
山の裏の赤土の砂糖黍畑を濡らした
眉毛の濃いヤマネコの従兄が歩いている
死者の通って行く石灰岩の窪み
静かにそう遠くもなく
大きな魚が太古の海流を泳ぎ回っているとすれば
南の島の優しい神神のひそかな儀式
人の原型が解体して行く楽しさ

雨季

ぼってりとした体質の
南の国の
西の方向へ傾いているすべての熱帯植物の
過剰な水分を吸収するうめきのような
何処にも収まらない時間が流れていて
この濁りのある帯は滞っていて
けだるい昼下がり
爬虫類はぬめっている
この土地は濡れている

すべての人々の過去に似ていないか
この村に接近したことがあり
遠ざかったことがあり
距離を持つことは歴史と同義語であろうか
アジアの山脈を思わせる重い雲
雨季の到来を昔も知っていたような気がする
頭の先から足の先まで知っていた
雨季は過去に似ていないか
ずっと誇張ぎみの円形の薄黒い丸いものを
育てて来たような気がする
雨季になると調子にのって
もう取り返しのつかないオンブオバケに成長して
何時の間にか隣に座っているのだ

春夢　その一

今宵
傾いている街の
ミカンのなっている家の狭間に
赤い星があがった

多摩川にかかった桜色の雲
ちぎれちぎれに広がって
黒い鳥の群れがちらばって行く
対岸のビルに蛍光灯が点く

このまたとない瞬間に
ひとびとの骨髄に沁みて来るものがないか
軟骨動物の歯痛のようじゃないか
小動物の悪寒のようじゃないか
濡れた光線じゃないか
冷凍になる時の震えじゃないか
何が伝わるって
嬉しいこっちゃないか

大きい月の痛んだ肌
その中に一匹老けた蚤が踊っている
蚤は横顔がいい……
蚤と関わりがあった時代は過ぎた
あらゆるものが浸透してきた骨髄なのに

蚤の記憶は砂文字のように消えてしまった
赤い星は金色になった
老けた蚤もいなくなった

春夢　その二

今宵
ミジンコが踊っている
ミジンコの横顔と
おいたノミの横顔を
暇があったら比べてみるがいい
ノミの高貴な鼻がすこしながくて勝っていると思う人が多い
サクラエビと比べても品格があると思っている人が多い
ただミジンコの良い所は反射神経と庶民性と思っている人が多い

ミジンコのミジンコたる存在はエートルであって
だから謳歌しているし
あけぼの色のビタミンも内在している
デジャビュとか言っているミジンコの種類もあるらしい
ミジンコのお祭りは平成十七年の四月の桜の咲く日で
そんな日があってもいいなあと思っている人が多い

何処へ

（水橋晋氏追悼）

春陰の日の骨は白いのか
舎利シャリと鳴るのか
梟の声はしゃがれているのか
魚の眼は泣いているのか
猫はふらついているのか
おお街は最小限の体温を気化して行く
北の街　北の海
を渡ってきた冷たくなった優しさ
遅れて来た優しさを

何処へ運べばいいのか
森の奥の梟の寝床へか
海の底のワカメの茂る魚の家族のもとへか
おおそれとも猫達の温かい毛並みの中へか

寂しい温度をどうすればいいのか
二月の骨はどうしてこんなに白いのか

春の蛸

（次兄の受賞をたたえる）

その蛸は八十年の水圧に耐えて
光沢と柔軟性を育み
異常にでっかい頭部は吸収と濾過に優れて
南に流れる海流の血流に絡みつき
ついに深海魚の群れの理解と賞賛を勝ち取り
このたび兵庫は姫路の海辺に揚がったそうだ

さて皆でお祭りでも……

注（蛸は次兄のあだな）

無気力の結晶

熱い国の昼下がり
大理石の廊下
橄欖色のヤモリ　西方むいて卵を産む
椰子蟹は眠っている
極彩色の虎斑の雲の中に太陽は潜り込んで行く
この一瞬　無気力が一光年ぶりに結晶する
ヤモリの卵は五個になった

変身願望について

白い翼があって
赤い眼をして
水色の尻尾
限りなく猪に近い豚
の白い肌
に紫色の足
遂に絵の具が無くなった

鯨

西の海で鯨が酔っていた
港は静かで
鯨は酔っていた
上弦の月は水平線遥か傷口となって結晶していた
金星がならんでいた
鯨の肌は黒く濡れていてわたしも酔っていた
大きな魚　小さな魚　老いた人魚と海馬と
海の中に二十八金のメタフィジックが流失して行った

浅い春

空がしらばくれている
梅も咲いたのに
鳩が尻向けて膨らんでいる

多摩川へ傾く対岸の街の
高層住宅もしらばくれている
犬が散歩している　下を見て
多分白い犬

私もしらばくれている
何を……
梅も咲いたのに

馬鹿でかい天体　その一

遠い南の国の馬鹿でかい天体
金色の太陽

湿度と高温と倦怠感を運ぶ海
絢爛と根源の叫び
水平線はこの世の割れ目
漂泊者のデッドライン
玻璃を散らかすブラックホールの傾斜

私は先ず目を閉じた
臍を締めた
耳を覆った
金色の極限に身を晒した
零時
私はそれでも人間だった

マングローブとアダンの木があった

馬鹿でかい天体　その二

亜熱帯のあの国のアダンの木
凝縮した湿度と
肌に擦り寄って来る熱気と
何やら粘り強い空気と
直角にぶら下がっているアダンの実
が耐えている引力と
スコールが来て
膨らんだ太陽
月や星雲や

空に蝙蝠もいて
それでもアダンの木が……

あとがき

この詩集は二〇〇二年から二〇一五年までに書いたもので、水橋晋氏と私で作っていた同人誌『巡』が水橋氏の急死によって廃刊になるまでのものと、友人菅原治子さん、打越美知さんとで作っていた『水脈』に発表したものです。

そもそも戦災ですべてを焼いてしまった次の日、親戚の家で遠慮もあり、中一で幼かったこともあり、何もすることがないのが驚きでした。水道の水滴が蛇口からだんだん丸くなって耐えきれずポトリと流しに落ちるのをぼんやりみている自分……人間って何？　生きるためだけにいるの？　思えばこの時私は詩の卵を孕んだのだと思います。それから七十年どんなことを経験しても笑っても泣いても帰ってくるのは『詩』でした。そして日本語の豊かな魅力。いつの間にか現代詩にたどりついていました。

まず心に残った幾つかの教師や読書によって『詩』または表現についての言葉によ

って育てられたのだと思います。哲学の教師は『芸術』は驚き（タルマザイン）だと。T・S・エリオットは伝統から出発しなければと。英語のイギリス人教師はテニソンとポーとインメモリアルなる言葉の広がりが全く違うと。また遠いもの、または異質のものをぶっつけろと。何を書いても筆は人なりで弁解は効かないと。年を重ねて今では『詩』って何だろう、生きるってなんだろう、と問いながら、また何時までだか時間もなくなっているので『春夢』としてまとめることにしました。太りすぎて岩の穴から出られなくなった井伏鱒二の山椒魚や、木にぶら下がって四六時中寝ていて獲物があると飛びつく爬虫類の戯言かも知れません。この度図らずも詩人田村雅之氏の砂子屋書房にお世話になることになり感謝しています。

二〇一五年一一月二日

佐藤恵美子

著者略歴

佐藤恵美子（さとう　えみこ）

昭和五年、東京生まれ

日本現代詩人会会員

第一詩集『南薫』（昭和六十一年）昭森社

第二詩集『夏のラクダ色の猫』（平成十二年）成巧社

詩集　春　夢

二〇一六年一月二〇日初版発行

著　者　佐藤恵美子
東京都大田区田園調布三―八―一三（〒一四五―〇〇七一）

発行者　田村雅之

発行所　砂子屋書房
東京都千代田区内神田三―四―七（〒一〇一―〇〇四七）
電話〇三―三二五六―四七〇八　振替〇〇一三〇―二―九七六三一
URL http://www.sunagoya.com

組　版　はあどわあく

印　刷　長野印刷商工株式会社

製　本　渋谷文泉閣